Sube y baja por los Andes

Un cuento de un festival peruano

Para mi ahijada, Madeleine — L. K.

A mis padres Laura y Alexandre, y a mis queridos hijos Anouk y Mathis — A. F.

Barefoot Books
2067 Massachusetts Ave
Cambridge, MA 02140

Diseño gráfico por Louise Millar, Londres
Separación de colores por Grafiscan, Verona
Impreso y encuadernado en China por Printplus Ltd

ISBN: 978-1-84686-548-0

La composición tipográfica de este libro se hizo en Infilto y Aunt Mildred.
Las ilustraciones se realizaron con pintura acrílica.

Translator: María A. Pérez

3 5 7 9 8 6 4

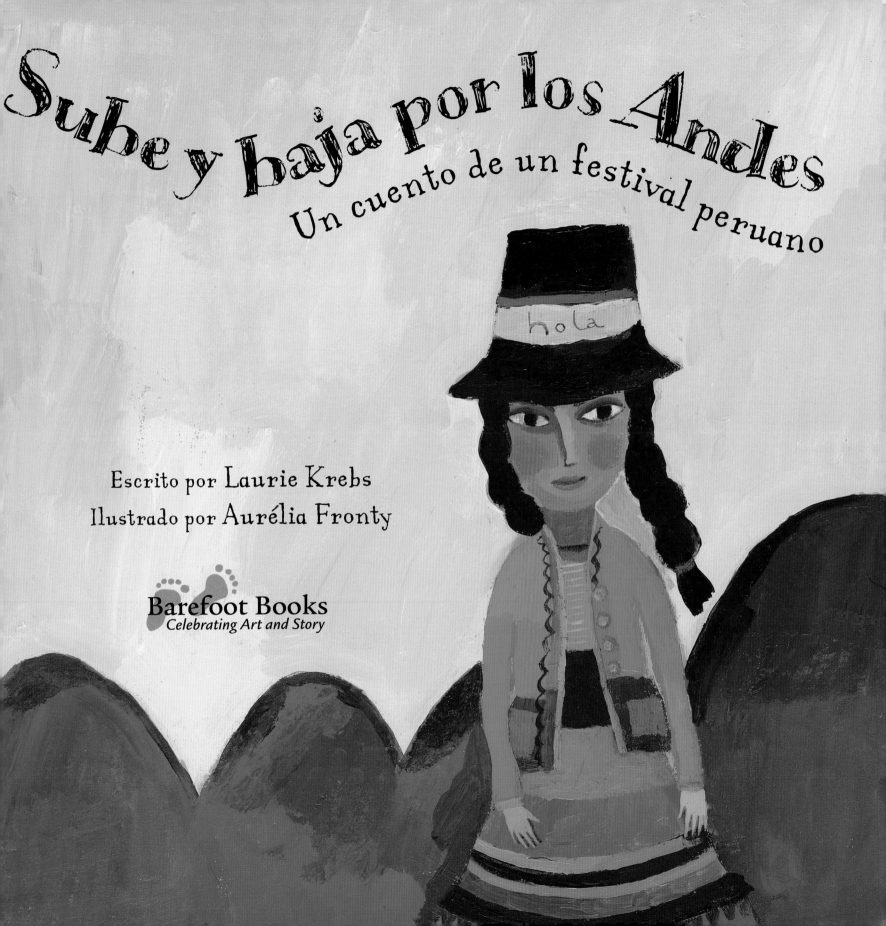

Sube y baja por los Andes

Un cuento de un festival peruano

hola

Escrito por Laurie Krebs

Ilustrado por Aurélia Fronty

Barefoot Books
Celebrating Art and Story

Los Andes se alzan para rozar el cielo.
Descienden para tocar el mar.

Y por las laderas de las montañas,
niños como yo se ponen a jugar.

En Lima, José sube a un autobús
para un viaje largo y agitado,

por eso protege su gorro de fiesta,
colocándolo a un costado.

Los botes del lago Titicaca atracan.
Luisa se baja a todo correr,

y agarra la capa tejida de la familia
para volvérsela a poner.

Cerca de la ruinas de Machu Picchu,
por un estrecho camino,

Ricardo avanza junto a su mula
y la guía hasta su destino.

En el repleto tren de Arequipa,
Consuelo busca el asiento tres.

Lleva un saco con maíz multicolor
apretado entre los pies.

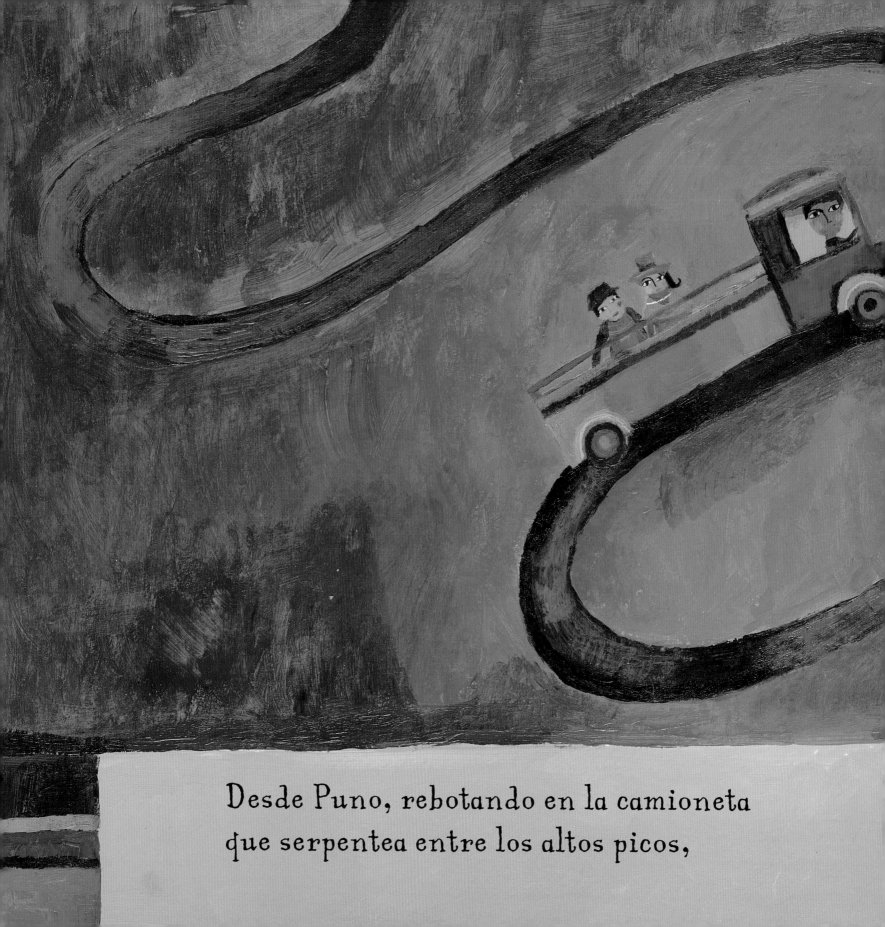

Desde Puno, rebotando en la camioneta
que serpentea entre los altos picos,

Fidel y Tita sujetan,
sin aliento, sus trajes típicos.

Por todos los Andes se siente la emoción en el ambiente,
y a la plaza principal de Cuzco se dirige toda la gente.

Todos los niños son actores, y han venido desde cada rincón
a celebrar el festival de junio con muchísima emoción.

Se ponen sus trajes típicos y van en fila hacia la fortaleza.
El rey Sol se levanta de su trono mostrando su grandeza.

Luego se dirige al pueblo para brindar elogios y agradecimientos en honor del dios Sol, como lo hacían en otros tiempos.

Aquella tarde hubo celebraciones en las calles empedradas,
con risas cantaron y bailaron al ritmo de alegres tonadas.

Los niños celebran la noche con festejos por todo el poblado.
¡El dios Sol ha regresado! ¡Un nuevo año ha comenzado!

Las montañas bordean la costa oeste,
paralelamente con el mar.

Y en las laderas de los Andes
hay niños como yo para jugar.

Inti Raymi: Fiesta del Sol

El festival que se describe en este libro es el Inti Raymi, una majestuosa celebración inca que tiene lugar anualmente el 24 de junio en honor del dios Sol. El Inti Raymi se realiza en la ciudad de Cuzco, en el solsticio de invierno, cuando el Sol está más alejado de la Tierra. Antiguamente, los incas se reunían para rezar pidiendo el regreso del dios Sol para poder sembrar sus cosechas y no pasar hambre.

Actualmente, el Inti Raymi recrea la ceremonia ancestral con miles de actores que reviven el pasado ante los numerosos visitantes de Cuzco. La representación tiene lugar en la plaza principal, desde donde se dirigen en una procesión hacia la antigua fortaleza de Sacsayhuamán. Sumos sacerdotes, nobles y cortesanos, vestidos con elaborados trajes, guían el desfile. Les siguen las mujeres con coloridos trajes típicos y ofrendas para los dioses. El rey Sol, con resplandecientes vestimentas doradas, es llevado al lugar en una litera real. Después de realizar los antiguos rituales, el rey Sol sube al altar sagrado y se dirige a la multitud en su lengua materna, el quechua. La ceremonia termina al atardecer, y todos regresan a Cuzco a festejar el nuevo año.

Otros festivales peruanos

Muchas festividades de Perú se rigen por el calendario cristiano, pero suelen estar entremezcladas con la antigua religión del pueblo andino. Éstas son algunas de las fiestas:

Virgen de la Candelaria
PUNO – 2 DE FEBRERO

A orillas del lago Titicaca, sacerdotes, monaguillos y fieles llevan en procesión por la ciudad una estatua de la virgen: Mamapacha Candelaria. Músicos y danzantes con brillantes atuendos y máscaras espectaculares animan el festival, que en la antigüedad realizaban sus antepasados para celebrar la cosecha y rendir homenaje a la muerte.

El Señor de los Temblores
CUZCO – LUNES DE PASCUA

Se dice que en el año 1650, un cuadro de Cristo crucificado evitó que un terremoto destruyera la ciudad de Cuzco. Desde entonces, el lunes de Pascua, los fieles llevan por las calles la imagen del Señor de los Temblores, tal y como lo hicieran los incas con las momias de sus sumos sacerdotes y gobernantes.

El Día de Todos los Santos
1 DE NOVIEMBRE

En este día, el pueblo peruano recuerda a sus seres queridos fallecidos. Las familias se reúnen en los cementerios, y llevan flores y comida para compartir simbólicamente con las almas de sus antepasados. La veneración de la muerte era una costumbre respetada por muchas culturas antiguas y esta tradición, junto con elementos cristianos, aún existe.

La historia de Perú

El imperio inca (1438 – 1532)

La palabra *inca* tiene dos significados: es el nombre del emperador, pero también se refiere al pueblo a quien él gobernaba. Los incas crearon la sociedad más avanzada de la época prehispánica. Su imperio comenzó en Cuzco, como una pequeña tribu, pero con el tiempo llegó a extenderse desde Ecuador en el norte hasta Chile en el sur. El reino se dividía en cuatro provincias, con un poderoso Inca a la cabeza y un gobernador en cada región para dirigir los asuntos locales. La ciudad real de Cuzco era el centro gubernamental.

Para extender su imperio, el Inca mandaba lujosos regalos a los líderes rivales y promesas de una vida mejor como súbditos suyos. Los gobernantes generalmente cedían pacíficamente porque temían al poderoso ejército inca. Los nuevos súbditos tenían que aprender el idioma oficial, el quechua, y rendir culto al Inca como el hijo terrenal del dios Sol, Inti.

Los antiguos pobladores (6000 a. C. – 1448 d. C.)

Los primeros pobladores de Perú vivían en la costa y en las zonas altas. Originalmente eran cazadores y recolectores, pero con el correr de los siglos formaron tribus. Se convirtieron en hábiles artesanos, agricultores y arquitectos, y también fieros guerreros. Su escritura no ha perdurado, por lo que los científicos han tenido que usar fragmentos de cerámica y utensilios para saber cómo vivían.

La conquista española (1532 – 1572)

En 1532 llegaron a Perú los exploradores españoles, liderados por Francisco Pizarro. Al tener noticias de las enormes riquezas del lugar, Pizarro se propuso tomar el control del imperio inca. El ejército inca superaba en número a los hombres de Pizarro, pero los indígenas no pudieron con la superioridad de armas y los caballos de su rival, ni con las artimañas de Pizarro. Uno tras otro, los gobernantes incas fueron capturados y asesinados, por lo que para el año 1572 el imperio inca había sido destruido.

La época colonial (1572 – 1824)

Después de la muerte de Pizarro, la corona española mandó varios hombres llamados virreyes para gobernar Perú. Cobraban impuestos y convirtieron al pueblo al cristianismo. Los virreyes eran gobernantes severos que exigían de sus súbditos trabajo duro y obediencia. Durante casi tres siglos de gobierno colonial hubo varios alzamientos entre los nacidos en Perú que anhelaban liberarse del control español.

La independencia (1824 – actualidad)

La independencia se logró en 1824, pero le siguió un largo período de disturbios. Guerras civiles, problemas económicos, gobiernos inestables, amenazas terroristas y dictaduras han asolado el país. En 1979 se redactó una nueva constitución y al año siguiente se realizaron elecciones democráticas. Por primera vez hubo una transición de poder pacífica del presidente a su sucesor. Éstas son señales prometedoras, a pesar de los altibajos de los recientes gobiernos.

Los pueblos de Perú

Los chavín (850 a. C. – 300 a. C.)

El pueblo chavín creó objetos textiles y metalúrgicos de gran belleza, y fueron de los primeros grupos en realizar ceremonias religiosas.

Los wari (700 d. C. – 1000 d. C.)

El imperio wari fue el primero en usar la fuerza militar para ampliar su poder. Los wari construyeron calzadas, ciudades y canales, y crearon bellos objetos de bronce, plata, lapislázuli y oro.

Los incas (1438 d. C. – 1532 d. C.)

En el corto período que gobernaron Perú, los incas lograron cosas asombrosas. De dominar una pequeña región cerca de Cuzco pasaron a poseer un extenso imperio. Crearon una red de caminos para que los mensajeros transmitieran las noticias de un extremo del imperio al otro. Construyeron huertos en terrazas, en las laderas de las montañas, y practicaron la cirugía craneal.

Los incas son famosos por su arquitectura y construcciones de piedra. Trasladaron y levantaron piedras enormes sin utilizar la rueda. Encajaron las piedras como piezas de un rompecabezas sin emplear mortero. Sus muros y edificaciones siguen en pie, superando los terremotos y el paso del tiempo.

Pueblos indígenas en la actualidad

Una profecía inca dice: "Un día volarán juntos los grandes pájaros sagrados del norte y del sur". En la actualidad, los descendientes de los pueblos indígenas sufren pobreza y abandono gubernamental. Aunque se ha progresado, todavía queda mucho por hacer para que los pájaros sagrados vuelen como uno solo.

Machu Picchu: Montaña Vieja

Machu Picchu, el lugar más famoso de Perú, fue construido alrededor del año 1450 d. C., cuando los incas estaban en la cima de su poderío. Ubicado en perfecta armonía con su entorno, enclavado entre cumbres rocosas y accesible por un camino sinuoso que serpentea desde el río en sus faldas, los edificios de piedra de Machu Picchu son un desafío a la imaginación.

Por cientos de años, la espesa vegetación del bosque ocultó el lugar. Los españoles nunca lo encontraron y los lugareños apenas lo recordaban. Pero en 1911, Hiram Bingham, un profesor de la Universidad de Yale, llegó a Perú en busca de ruinas incas. Con la suerte de su parte y la ayuda de los lugareños, Bingham se encontró con las magníficas edificaciones cubiertas de enredaderas y musgo. Creyó haber hallado la ciudad perdida de los incas, pero había encontrado Machu Picchu, una antigua ciudadela inca que ahora es Patrimonio Mundial de la UNESCO.

Los incas creían que sus dioses vivían en la naturaleza. Para rendirles culto construyeron templos al Sol, a la Luna y a las estrellas; a las montañas y a los ríos. Ubicaron los edificios de manera que el Sol saliera por detrás de las montañas, iluminándolas una por una.

Nadie sabe por qué se construyó Machu Picchu, aunque existen muchas leyendas. Las ruinas siguen envueltas en un misterio, pero no hay duda de que fue, y es, un lugar majestuoso y sagrado.

La increíble cordillera de los Andes

Los Andes es la cordillera más larga de la Tierra, con una extensión de 5,000 millas (8,000 km) a lo largo de la costa occidental de Sudamérica. Se eleva abruptamente desde el océano Pacífico y atraviesa siete países: Argentina, Bolivia, Chile, Colombia, Ecuador, Perú y Venezuela. Los Andes es la segunda cordillera más alta del mundo, únicamente la cordillera del Himalaya es más alta. El pico más alto de los Andes, el volcán Aconcagua, alcanza 6,960 m.

El clima en los Andes varía según la zona, dependiendo de la altitud y de la ubicación. En el norte, el aire húmedo y cálido del Ecuador envuelve las montañas. En el sur, el aire húmedo y frío de la Patagonia las enfría. En la región central el clima es seco, con cambios extremos de temperatura.

Durante siglos, los pueblos indígenas han vivido en las zonas altas de los Andes. Los agricultores siguen cultivando maíz y papas en angostas terrazas construidas en las laderas de las montañas. Los pastores crían llamas, alpacas y ovejas. Estos animales pueden vivir a gran altura y les proporcionan leche, carne y lana a las familias de la zona.

Los Andes son ricos en minerales. Se siguen extrayendo oro y plata, tal y como lo hicieran los pueblos indígenas en el siglo dieciséis: cobre en Perú y Chile, estaño y antimonio en Bolivia. También hay en las montañas mineral de hierro, plomo y zinc.

¿Sabías que...?

¿? El nombre *Perú* significa "tierra de abundancia".

¿? Perú es el tercer país más grande de Sudamérica, después de Brasil y de Argentina.

¿? El lago Titicaca, el más alto del mundo, es lo suficientemente profundo como para que lo naveguen barcos grandes. La leyenda dice que el primer Inca surgió del fondo para fundar el imperio inca.

¿? Las islas flotantes de los uros en el lago Titicaca son de juncos. Son conocidas como *las islas flotantes* porque están ancladas al fondo del lago.

¿? Las líneas de Nazca encontradas en el desierto de San José son un misterio. Estos enormes dibujos de animales, aves y figuras geométricas están grabados en el desierto. Nadie sabe por qué están ahí o qué significan.

¿? El idioma oficial de Perú es el español, aunque la gente que vive en las zonas altas habla quechua, el idioma del Inca.

Mapa
de
Perú

ECUADOR

COLOMBIA

BRASIL

PERÚ

Cordillera de los Andes

OCÉANO
PACÍFICO

✳ Lima

Machu
Picchu

• Cuzco

Arequipa •

Puno •

Lago
Titicaca